josephine
na era do jazz

de Jonah Winter

ilustrações de Marjorie Priceman

tradução: Christine Röhrig

martins fontes
selo martins

Pessoal, ouçam a minha história: vou contar sobre uma menina chamada Josephine.

Pessoal, ouçam esta história: vou contar sobre uma pobre menina chamada Josephine.

Ela era a garotinha mais triste lá de New Orleans.

Bem, ela nasceu em Saint Louis

        e cresceu com o blues* de Saint Louis.

Sim, ela nasceu na velha Saint Louis

        e cresceu cantando blues.

Tinha apenas um vestido esfarrapado

        e um par de sapatos velhos, bem surrados.

---

* Em inglês, *blues*, além de nomear o ritmo musical, significa "tristeza". Nesta história, o uso dessa palavra está relacionado tanto à música, parte importante da vida de Josephine, quanto à tristeza que ela sentia devido à pobreza e ao preconceito que sofria. (N.E.)

Olha só o barraco em que ela morava
sem aquecimento, sem nada.
E a coisa ainda piorava
quando a comida faltava.

Sua cama era direto no chão,
um jornal velho era o seu cobertor,
ratos andavam ao redor e ainda
mordiscavam o seu dedão.

"Josephine", disse sua avó,
"Vou lhe contar uma história.

Josephine, oh Josephine,
essa história é de uma menina como você.

Um dia você será uma princesa —
espere só para ver."

Com crianças tão malvadas, fica difícil acreditar.
Difícil acreditar em contos de fadas... com pessoas tão malvadas.

Não tem jeito, não tem o que fazer
    só bancar o palhaço e um bobo parecer.

Então Josephine começou a fazer caretas,
 a mostrar a língua, a entortar os olhos.
Sim, Josephine começou a fazer caretas,
 a mostrar a língua e a esbugalhar os olhos —
e foi parar numa tenda de dança
 e, para surpresa de todos, . . .

Fez a dança do Urso-Pardo

e a do
Trote do Peru.

E no embalo fez a dança
do Abraço de Coelho,
ficou de quatro, se aprumou
e fez o Passo do Camelo.

Ela dançou tantos passos
que fez o povo gritar,
e Josephine ganhou um dólar
quando parou de dançar.

E ela continuou dançando,

dançando . . .

sem nunca se cansar.

Dançando,

dançando . . .

aquela menina nunca se cansava de dançar...

Até a noite em que seu mundo inteiro mudou: a noite em que Saint Louis se incendiou.

Havia brancos perseguindo pretos
no bairro de população negra . . .

brancos xingando pretos . . .
e ateando fogo na cidade deles.

E a população negra teve de fugir correndo,
enquanto suas casas ficavam em chamas,
ardendo.

Então Josephine
começou a correr também,
naquela noite ela começou a correr.

Sim, ela começou a correr,
correr, correr,
correr,

CORRER — naquela noite ela começou a correr também.

Tem de haver um lugar melhor,
onde os brancos tratem os pretos bem.

Ela percorreu o país inteiro
com uma antiga banda mambembe.
Sim, ela percorreu os EUA
com uma banda mambembe,
fazendo seus passos malucos de dança
até a hora de fazer a trouxa e sair
para mais uma andança.

Mas o blues, acompanhado da tristeza, seguia no
seu encalço o caminho todo até a velha Nova York.
O blues e a horrível tristeza seguiam no seu encalço,
até que o mundo se tornou escuro e gelado.
Sem dinheiro e sem ter onde ficar, num banco do
Central Park ela dormiu um sono cansado.

Havia uma audição para um grande show.
Mas disseram a ela: "Menina, vá embora!"
Então ela foi até o corredor
e caiu no choro na mesma hora.

O diretor sentiu pena,
ficou comovido e a chamou
para participar do coral —
E foi assim que ela começou.

Josephine, oh Josephine, você sabe que agora o sucesso chegou.

Josephine, oh Josephine,
cresceu e o sucesso chegou,
e as pessoas ovacionaram e assobiaram
quando você se apresentou.

Bem, ela vestia calças largas
e pintava o rosto de preto.
Todas as noites ela pintava o rosto e vestia
as calças largas, se fantasiando de "*blackface*"*.

---
* *Blackface*: tipo de maquiagem usada em shows
naquela época, numa caricatura das pessoas de pele
negra. O rosto era pintado de preto, e a boca e o seu
contorno exagerado eram pintados de branco. (N.T.)

Por mais que todos aqueles brancos gostassem dela, aquilo era um insulto à sua raça.

Esse foi o PONTO para Josephine.
Então, ela tomou uma decisão importante.
Parou de se apresentar para aquela gente

e tratou de deixar esse tal de bllluuuuues

bem distante!

Embarcou num navio
que seguiu para a França.
Iria mostrar para o povo francês
como é que o
americano dança.

E chegou a era do jazz,
no ano de 1925:
com cortes de cabelo ousados e bandas de
jazz que pipocavam —
sim, os bons tempos chegaram!

Um adeus a senhora Liberdade acenou
quando sua embarcação passou,
e, pela primeira vez em sua vida,
Josephine, na era do jazz,
sentiu-se livre! Então...

[Um, dois, três... E LÁ VAI ELA!]

Franceses do Gay Paree*!

Esta é Josephine!

Ela dança de um jeito

que vocês jamais viram!

---

* Gay Paree refere-se à data festiva que surgiu no período conhecido como *Belle Époque* (1871-1914), em comemoração às mudanças político-sociais na França em nome da liberdade, e que instituiu *La Marseillaise* como hino nacional e o dia 14 de julho como feriado daquele país. (N.T.)

Bum dum dum dum dim dum
Bum dum dum dim dum
Duuuuummmm . . .

(Bum dum dum dim dum!)

Paris, França —
a fama foi instantânea, só deu ela!
E todo mundo
sabia o nome dela!

Bum dum dum dim dum
Bum dum dum dim dum
Duuuuummmm . . . !

Mexe mexe mexe REMEXE!
Mexe mexe mexe REMEXE!

Zi-bum-dop zu-bum-dop zi-bum-dop UOU!
Zop zop zop zop zu-bum-dop UOU!

Pantera, camelo —
e esse agora, adivinha?

Avestruz, canguru ou joaninha?

Ela sabe dançar?
Pode apostar!
Barriga com barriga e
costas com costas!

É o *Shake*,*

o *Shimmy**

e o **Mess Around***,
a empolgação!

Quando ela está na cidade,
ninguém dorme, não!

Ela também sabe cantar?
Você também cantaria
se tudo o que sempre sonhou...
de repente acontecesse
como uma linda canção...

* Estilos de dança do jazz
norte-americano. (N.T.)

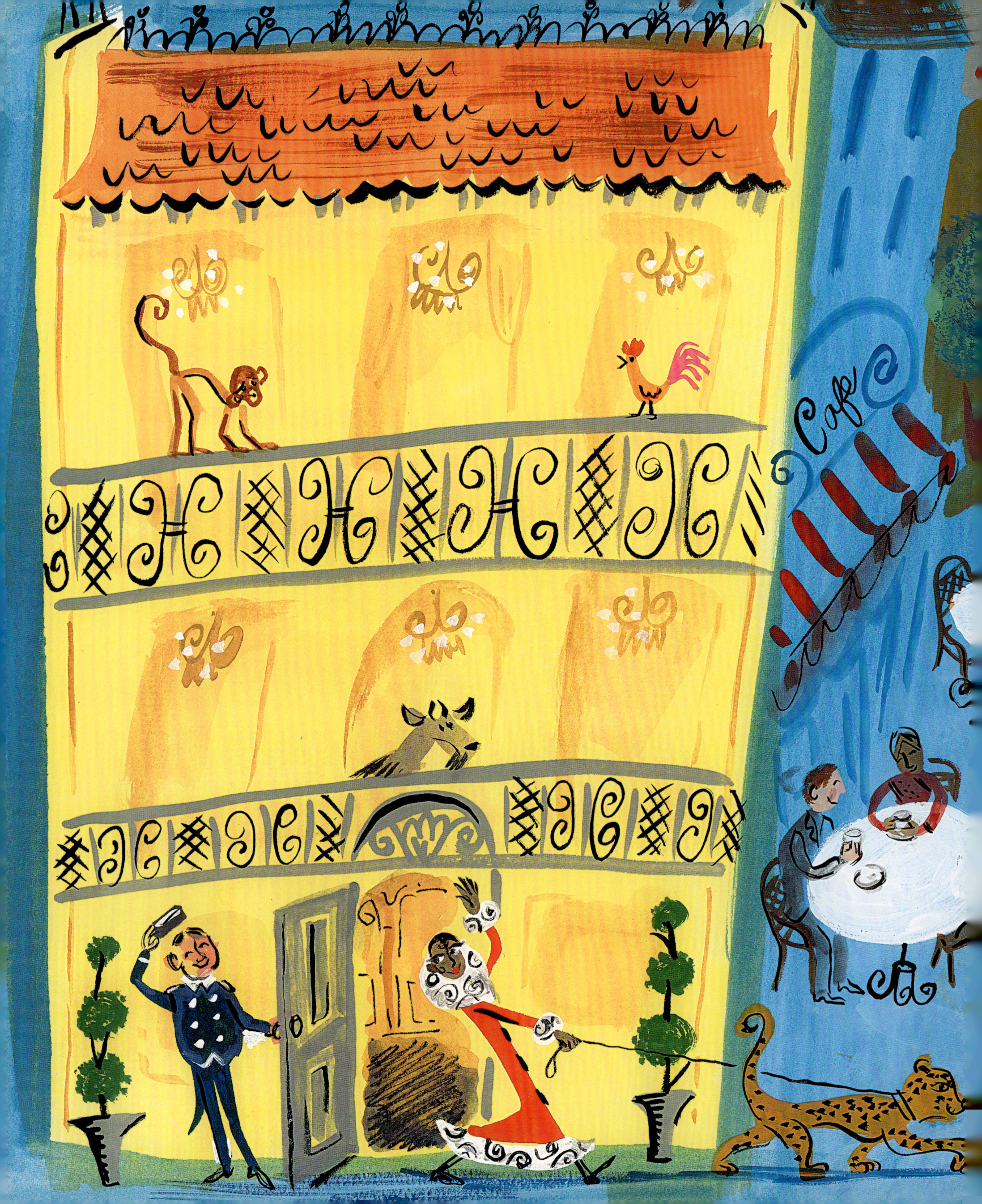
Café

Que maravilha ser adorada
como uma princesa,
como uma rainha,
e brilhar como um diamante —
Que alegria ser vista
e reconhecida e amada por todo mundo
que passa.

Como é maravilhoso ser uma estrela,
viver num palácio,
e ter uma cabra, um tigre
e um macaco de estimação!
Passear com uma chita chamada Chiquita
pelos bulevares de Paris,
mas ainda — Aiai! —

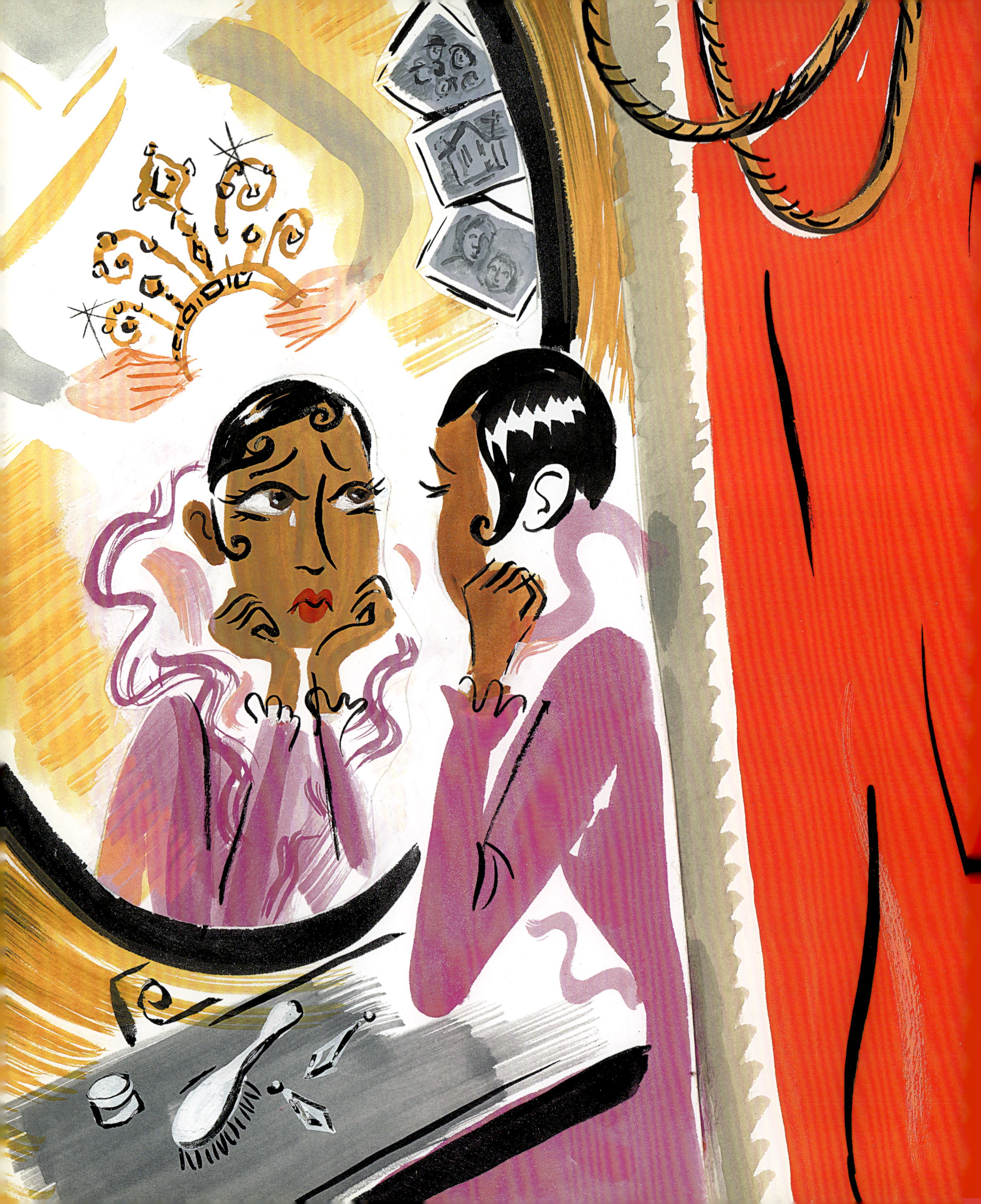

Sentir saudades do lugar
em que nasceu,
onde jamais voltará a viver,
imaginando como poderia ter sido
viver sem o desprezo pela cor da pele
e sem a obrigação de correndo fugir.
Mas, apesar disso tudo, . . .

Que rufem os TAMBORES.
Que as LUZES se acendam.

Josephine é a
ESTRELA DESTA
NOITE:

Vestida para matar, ela vai cantar a canção da menina do Alabama, *Pretty Little Baby** do Alabama-bama-bama

Bye-BYE, BlackBIRD*. E não cantar nem a tristeza nem o blues não é problema algum:

―――――
* Músicas cantadas por Josephine Baker. (N.E.)

Show após show,
seguindo sempre em frente,
dançando o Charleston,
pedindo "com licença, madame",
entre plumas e paetês e
diamantes brilhantes!
E assim chegamos ao fim
do nosso conto de fadas do
jazz sobre . . .

Miss Josephine.

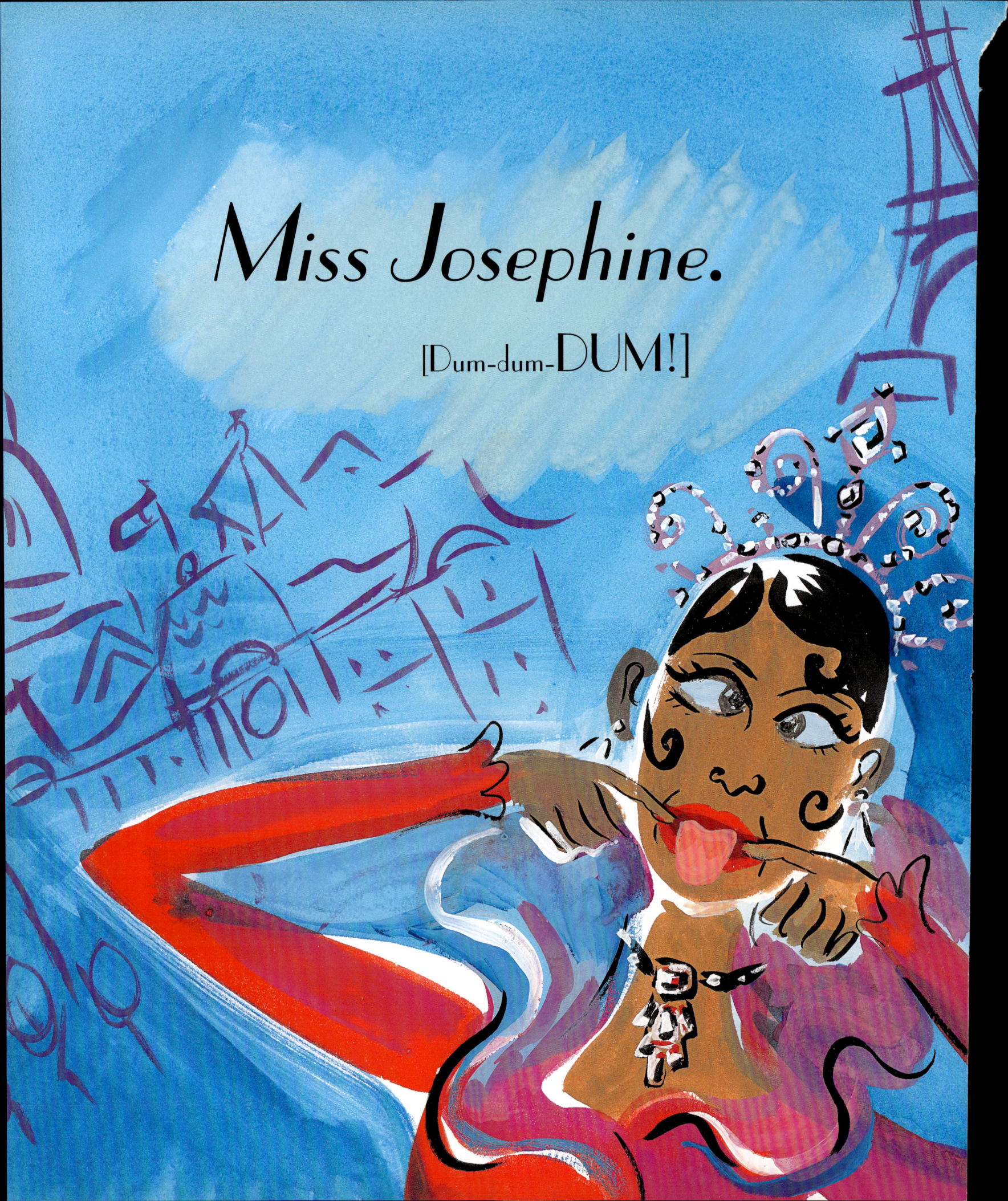

[Dum-dum-DUM!]

NOTA DO AUTOR

JOSEPHINE BAKER nasceu com o nome Freda Josephine McDonald, no dia 3 de junho de 1906, em Saint Louis, Missouri, nos Estados Unidos. Quando menina, as habilidades desenvolvidas espontaneamente durante as brincadeiras realmente foram seu passaporte para ultrapassar a fronteira da pobreza, do racismo e da miséria em que passou a infância. E Josephine ainda era uma criança quando conseguiu a primeira grande oportunidade no mundo do *show business* em Nova York. Ela tinha apenas quinze anos, para ser preciso, e teve de mentir a idade para ser aceita no show "Shuffle Along". Demonstrou tanto talento no papel de *clown* desse show que, ao término dele, Josephine Baker logo se tornou a *showgirl* mais bem paga da Broadway naquela época. Sua popularidade em Nova York, no entanto, era inexpressiva se comparada à fama que ganhou depois de chegar a Paris em 1925, com a tenra idade de dezenove anos. O público francês a acolheu com um entusiasmo jamais experimentado por ela em sua própria terra natal, onde somente lhe ofereceram papéis humilhantes. Para os parisienses, ela era exótica e amada como símbolo da era do jazz americano que estava em pleno embalo nos anos 1920.

Quando as apresentações diminuíram, Josephine adotou doze crianças de todo o mundo e as chamou de "Tribo arco-íris". Seu engajamento na integração racial não parou por aí. Em 1963, em Washington, D. C., Josephine discursou na mesma convenção de direitos humanos em que Martin Luther King Jr. proferiu o famoso discurso "Eu tenho um sonho". Josephine Baker morreu no dia 12 de abril de 1975. Durante seu funeral, mais de 20 mil pessoas acompanharam o cortejo pelas ruas de Paris.

Para Sally, a minha Josephine
J. W.

Para mamãe e papai
M. P.

© 2012 Martins Editora Livraria Ltda., São Paulo, para a presente edição.
Texto © 2012 Jonah Winter
Ilustrações © 2012 Marjorie Priceman
Esta obra foi originalmente publicada em inglês sob o título *Jazz age Josephine* por Jonah Winter
Publicada em acordo com Atheneum Books for Young Readers
Um selo de Simon & Schuster Children's Publishing Division
1230 Avenue of the Americas, New York, NY 10020

Todos os direitos reservados. Nenhuma parte deste livro pode ser reproduzida ou transmitida sob nenhuma forma ou meio, seja eletrônico, mecânico, seja por meio de fotocópia, gravação ou por qualquer outra forma de armazenamento ou sistema de recuperação de informações sem a permissão por escrito do editor.

Publisher	Evandro Mendonça Martins Fontes
Coordenação editorial	Vanessa Faleck
Produção editorial	Cíntia de Paula
	Valéria Sorilha
Preparação	Nilce Xavier
Diagramação	Reverson Reis
Revisão	Flávia Merighi Valenciano
	Pamela Guimarães
	Paula Passarelli

Dados Internacionais de Catalogação na Publicação (CIP)
(Câmara Brasileira do Livro, SP, Brasil)

Winter, Jonah
  Josephine na era do jazz / de Jonah Winter ; tradução Christine Röhrig ; ilustrações Marjorie Priceman. – São Paulo : Martins Fontes – selo Martins, 2012.

Título original: Jazz Age Josephine.
ISBN 978-85-8063-064-0

1. Americanos - França - Biografia - Literatura infantojuvenil 2. Apresentadores negros (Teatro etc.) - França - Biografia - Literatura infantojuvenil 3. Baker, Josephine, 1906-1975 - Infância e juventude - Literatura infantojuvenil 4. Baker, Josephine, 1906-1975 - Literatura infantojuvenil 5. Dançarina - França - Biografia - Literatura infantojuvenil 6. Discriminação racial - Estados Unidos - História - Século 20 - Literatura infantojuvenil I. Priceman, Marjorie. II. Título.

12-06681   CDD-028.5

Índices para catálogo sistemático:
1. Dançarina : Biografia 028.5

Todos os direitos desta edição reservados à
Martins Editora Livraria Ltda.
Av. Dr. Arnaldo, 2076
01255-000 São Paulo SP Brasil
Tel.: (11) 3116 0000
info@martinseditora.com.br
www.martinsmartinsfontes.com.br